ÉPITRE

A LA BONNE VILLE

DE PARIS,

SUR SON ORIGINE, SES EMBELLISSEMENS, ET SA
FÊTE AU ROI ROME.

PAR LE SEPTUAGÉNAIRE.

A PARIS,

DE L'IMPRIMERIE DE DOUBLET

1811.

ÉPITRE

A LA BONNE VILLE DE PARIS,

Sur son origine, ses embellissemens, et sa Fête au Roi de Rome.

Paris, dans ton berceau tu n'étois qu'un village,
De rustiques pêcheurs, un abri dans l'orage.
Quand parut sur tes bords le premier des Césars;
Des filets étendus te servoient de remparts;
Sur un terrein fangeux de pauvres insulaires
Se bornoient au seul art de bâtir leurs chaumières,
Et sous un toit champêtre, entouré par les eaux,
Ils venoient s'endormir sur un lit de rozeaux;
Dans leurs tristes foyers, un imposant druide
De leur crédulité fut l'oracle et le guide;
Soumis à sa doctrine ils vivoient sous ses lois,
Et pour prier les dieux leur temple étoit un bois.
Des plus grandes cités les sources sont communes,
Venise s'éleva du fond de ses lagunes,
Et comme elle, Paris, en sortant d'un marais,
Le luxe t'agrandit sur d'antiques forêts.
De ton site un guerrier jugeant la convenance,
Te rendit des Romains le grenier d'abondance,
Tu devins l'arsenal d'un peuple belliqueux
Dont Brennus, au Sénat, fit trembler les ayeux,
Et pour en imposer à la Gaule étonnée,
Ton premier conquérant changea ta destinée.
Un prétoire et des tours, de hardis monumens
Dont nous fouillons encore les anciens fondemens
Et deux ponts élevés sur les bras de la Seine,
Te donnèrent l'éclat d'une ville Romaine;
Sur un sable mobile et souvent entraîné,
Un palais décora ton rivage enchaîné.

Quand les peuples du nord ont fait le tour du monde,
Que tes murs ont fixé leur course vagabonde,
Tu n'étois qu'un vieux fort où des rois fainéants
Cachoient de leur pouvoir les restes languissants.
A l'époque où tu pris le rang de métropole,
Quel oracle eût prédit qu'un jour, au Capitole,
Un fondateur plus grand que ne fut Romulus
Y fermeroit un jour le temple de Janus?
Par sa gloire illustré, Paris tu dois t'attendre
A la haute faveur d'un nouvel Alexandre;
Renaissant chaque jour sous ses habiles mains,
Tu surpasses déjà le luxe des Romains;
Sur un sol ignoré dans ta vieille origine
Espérois-tu le sort qu'un héros te destine?
A peine son courage a-t-il brisé tes fers,
Qu'il te fait l'heureux centre où se rend l'univers,
Dans la fange autrefois bourgade ensevelie,
Inconnue en tous lieux ce fut par l'Italie
Que tes murs ont brillé de leur premier éclat;
Alors chaque Romain fut artiste et soldat;
Au lieu de les détruire il bâtissoit des villes
Et changeoit en palais de ténébreux asiles;
Tes peuples, asservis sous des prêtres altiers,
Étoient de leurs tyrans les esclaves guerriers;
A l'âge où dans les camps la bravoure est utile,
La hache fut pour eux une enseigne virile;
Avides de la gloire, hardis dans les combats,
Pour rejoindre leurs dieux ils couroient au trépas;
Du culte des Césars la riante magie
Fit cesser des Gaulois la longue léthargie;
Du dieu de leurs forêts l'autel fut renversé,
Par l'épi de Cérès le guy fut remplacé;
Rivale, par les arts, des cités de la Grèce,
Paris, tu fus enfin cette aimable Lutèce
Qu'habita Julien, où d'antiques témoins,
Les thermes dans tes murs élevés par ses soins
Couvroient sa tête auguste; on aime à voir encore
Les restes échappés au tems qui les dévore:

Un Concile fougueux a traité d'apostat
Ce Prince tolérant, le père de l'état ;
Faut-il qu'avec aigreur la haine mensongère
Suppose à ses vertus un crime imaginaire.
Monarque philosophe et régnant sans fierté,
Son nom fut toujours cher à la postérité.
Mais crois-tu vieux Paris que ma muse ingénue
De nos siècles passés va faire la revue ?
Que d'un in-folio consultant les auteurs,
J'irai mentir comme eux pour tromper mes lecteurs ?
Que tournant les feuillets d'une ancienne chronique,
Et rappellant l'époque où l'on te vit gothique,
Je parle d'un vieux banc échancré par le tems
D'où la veuve d'un Roi, dévote à quarante ans,
Aimant à prier Dieu, vivant avec simplesse,
Enfourchoit une mule et partoit pour la messe ?
Que je cite ce puits qui, des jeunes amants,
Dans le tems qu'on s'aimoit, a reçu les serments ?
Qu'enfin de nos ayeux, aussi francs que sauvages,
J'aille encor bavarder les antiques usages ?
Un prince plus grand qu'eux me les fait oublier ;
La France, en le faisant son noble chevalier,
Me borne à son éloge aux rayons de sa gloire :
Essayons de son règne à raconter l'histoire.
Chaque pas que je fais un quartier démoli
Sous mon œil enchanté se retrouve embelli ;
Des quais majestueux prolongés sur la Seine,
Où la foule du peuple aisément se promène
Et d'un fleuve abondant les rivages nouveaux
Dans son cours enchaîné sont les riants tableaux :
Vois ton Louvre, Paris, sortant de ses décombres,
Des rois dans leurs tombeaux humilier les ombres ;
La déesse aux cent voix, en publiant leurs torts,
Ira faire rougir tous ces illustres morts.
Du palais rétabli la voûte enchanteresse
Est aujourd'hui l'Olympe où les dieux de la Grèce,
Les sages, les héros, si long-tems égarés,
Par tous nos Phidias se trouvent restaurés,

En dépouillant des arts l'immortelle patrie,
La gloire en a formé sa riche galerie,
Et le cours de la Seine entourant ces trésors,
Des monuments du Tybre enorgueillit ses bords;
Ils annoncent la Cour où la victoire appelle
Les Princes de l'Europe auprès de leur modèle:
C'est là qu'ils apprendront le grand art de régner,
Du Monarque puissant qui les fit couronner.
Sur ce fût glorieux où l'histoire est assise,
Burinant les hauts faits que le bronze éternise,
Ils verront ce Héros, comme un dieu dans les airs,
D'un regard imposant observer l'univers;
Ils iront le trouver au temple de la gloire,
Encenser avec lui l'autel expiatoire
De ces braves guerriers dont la faux de la mort
Dans les plaines de Mars vint honorer le sort;
Qu'un jour de leurs neveux, ce temple du courage,
Pour les électriser, soit un pélerinage ;
Que nos jeunes soldats, remplis d'un saint amour,
Y jurent de servir la patrie à leur tour;
Parcourant les débris de ces grands hermitages
Où nos rois ont fondé de pieux esclavages,
Nous aimons rencontrer les vastes promenoirs,
Qui de saints fainéants remplacent les dortoirs;
Du grand Napoléon la baguette magique,
De son règne en a fait le quartier historique,
Et, voulant de sa gloire éterniser l'éclat,
Chaque rue à nos yeux y rappelle un combat.
De la vieille cité si je borde l'enceinte,
L'habitant du parvis, étourdi par la crainte,
Déserte ses foyers, et par un saut léger,
D'un pignon qui s'écroule évite le danger
Les manoirs ténébreux, ces antiques repaires
Où trois races de suite ont vu loger nos pères,
Nous servent de passage; on voit à découvert
La maison qu'habitoit le chanoine Fulbert;
Cueillons en y passant des fleurs pour Héloïse,
Ce fut là qu'Abélard en sortant de l'église,

Reçut à ses genoux sa première faveur ;
C'est là qu'à son reveil, dans une nuit d'horreur,
L'apôtre de l'amour en devint le martyre ;
Qu'un prêtre est dangereux quand la haine l'inspire !
Combien de ce Fulbert les atroces fureurs,
Pour deux infortunés ont fait couler des pleurs !
A l'âge de s'aimer, si l'amour a des charmes,
Dans d'autres tems pour nous il est le dieu des larmes.
Le rivage escarpé d'où la Reine Isabeau,
De galante mémoire, alla dans le tombeau,
N'offre plus de nos jours un dangereux passage,
Un pont noble et hardi remplace son usage,
Et si je veux aller dans le quartier latin,
Échappant dans ma course un pilote incertain,
J'arrive dans les lieux ou se plaît la nature,
Dont la simplicité fait toute la parure ;
Les nombreux végétaux de cent climats divers,
Ont fait de ce jardin celui de l'univers ;
C'est là que par les soins de l'utile industrie,
L'Europe à ses trois sœurs dans tous les tems s'allie,
Aux fouilles de la terre un temple consacré,
De ses vastes débris richement décoré,
Renferme des trésors enfouis par les âges ;
D'un monde primitif ils sont les témoignages
Qui prouvent que le globe en tous sens renversé,
Fut d'un axe mobile autrefois déplacé ;
Aux mânes de Buffon en rendant nos hommages,
Pénétrons un instant dans le temple des sages,
Où l'art ingénieux, classant les animaux,
A su les arracher de la nuit des tombeaux,
Là des loups empaillés dans leur pose effrayante,
Sont encor à l'affût de la race bêlante ;
Plus loin, du léopard le regard dévorant
Y paroit déchirer le taureau mugissant,
Et l'ours qu'on croit y voir rouler d'une montagne
Nous semble du bélier poursuivre la compagne ;
Chaque espèce y conserve et l'allure et l'instinct
Qu'elle eut du créateur et que la mort éteint.

L'oiseau qui ne vit plus paré de son plumage,
Et perché comme au tems de son tendre ramage,
Paroît jouir encor du matin d'un beau jour
Où son gosier flexible exprimoit son amour;
Dans ces vastes jardins le monstre de l'Afrique,
Sous la main qui le soigne y devient domestique;
L'éléphant s'y complaît; le lion rugissant
S'appaise auprès d'un chien fidèle et caressant;
L'hiene au regard fauve, et les tigres sauvages,
A l'homme, leur monarque, y rendent leurs hommages;
Farouches et cruels dans le fond des déserts,
Il est un dieu pour eux quand ils portent ses fers.
Ces jardins, agrandis dans leur forme nouvelle,
Renferment des Platons l'école universelle;
La nature prodigue, étalant ses faveurs,
Y confie à leurs soins les plantes et les fleurs.
De ces lieux embaumés en quittant le rivage
On traverse le pont dont le riant passage
De la ville et des champs nous offre le tableau;
Près du vieil arsenal, sur un rempart nouveau,
On voit les murs naissants d'un grenier d'abondance ;
En sage Pharaon, le Héros de la France,
Touché de nos besoins, élève dans Paris,
Le temple de Cérès qui décora Memphis;
De l'oubli de nos rois sa bonté nous console,
Quand on nourrit le peuple on devient son idole.
Les âges béniront le noble fondateur
Qui d'un tems de disette a prévu le malheur.
Dans les tristes débris d'un vaste cimetière,
Son génie agrandit la halle nourricière;
Sur un pavé plus libre on pourra circuler
Sans nuire à l'insdustrie, et sans faire écrouler
Les étaux chancelants qui bouchoient nos passages.
Notre père commun veille sur nos ménages,
Et des marchés publics à l'abri des hivers,
Vont donner de la vie à nos quartiers déserts.
Trop heureuse cité vois jaillir tes fontaines,
Vois nos jardins plus frais et nos places plus saines,

On creuse sous nos yeux, comme au tems des Romains,
Pour ta salubrité des canaux souterrains,
Qui de points éloignés franchissent la distance,
Pour venir dans tes murs augmenter notre aisance;
Sur la cime d'un mont, par d'utiles tuyaux,
Une source abondante, en divisant ses eaux,
S'échappe dans son cours, enlève d'une rue
La fange dont l'odeur fut pour nous la cigue;
On ne peut faire un pas sans rencontrer les soins
Du génie inspiré qui prévit nos besoins.
Depuis que ton enceinte a de belles issues,
Qu'on suit de ton palais les nobles avenues,
Que ta forme nouvelle annonce ta splendeur,
Et qu'enfin d'un Héros le bras libérateur
A rétabli le temple où nos libres hommages,
En priant, de l'impie, oublieront les outrages,
Paris, il faut te voir dans ces jours solemnels
Où le chef de l'Empire, aux pieds de nos autels,
Élevé sur le char que traîne la victoire,
Vient y courber un front couronné par la gloire;
Sa marche est un triomphe, escorté par nos vœux,
De son peuple il entend les chants religieux.
De nos Capétiens la vieille basilique
Dont les rois et les saints, décoroient le portique
Où flottent de nos jours les nombreux étendarts
Dont la valeur française honora nos remparts,
Est aujourd'hui le temple et l'enceinte embellie,
Où l'on vit d'un Héros naître la dynastie.
Le sceptre fut toujours le prix de la valeur.
C'est dans ce temple auguste, où chaque successeur
Au trône glorieux d'une race immortelle
Y sera proclamé par un peuple fidèle;
Dans sa noble candeur et d'un œil résigné,
Il faut y voir Louise offrant son nouveau né,
Fixer la source sainte où les eaux du baptême
Vont couler sur un front orné du diadême;
En nouvelle Marie elle élève sa voix
Jusqu'au dieu protecteur qui veille sur les Rois;

Spectacle auguste et saint, époque solemnelle
Qui lave des humains la tache originelle,
Qui du peuple et des grands est le premier degré,
Pour jouir dans les cieux d'un bonheur assuré ;
Que Louise est touchante en faisant sa prière !
D'un rayon bienfaisant la divine lumière
Environne sa tête et son cœur généreux,
Ne demande en priant qu'à faire des heureux.
Le bronze dont l'éclat imite le tonnère
En répand la nouvelle et l'annonce à la terre,
Et les nobles époux en quittant les saints lieux,
Du peuple qui les suit entend les cris joyeux ;
Pour les voir de plus près, dans la foule on se presse,
Et Paris à ton tour tu deviens leur hôtesse,
C'est du haut de tes murs que Louise aux Français
Va montrer dans son fils le gage de la paix,
Sous les riches lambris de voûtes séculaires
Où les Rois avec pompe ont visité nos pères,
Où les bons citoyens, nobles par leurs vertus,
Dans la foule des grands se trouvent confondus.
Une fête s'annonce, on forme des quadrilles,
La joie et le bonheur y groupent nos familles,
Les rangs y sont égaux, un banquet somptueux,
Apprêté par nos cœurs, y comble tous les vœux ;
Déposant sa grandeur, le monarque y tempère
La majesté du trône, il n'est plus là qu'un père ;
C'est la fête du peuple, on ne peut s'y tromper,
Il s'y montre sans art, c'est là qu'il sait aimer ;
En y voyant Louise et l'espoir de l'Empire,
On devine son cœur dans son tendre délire ;
La fille des Césars, le grand Napoléon
Se mêlent dans les rangs, de leur auguste nom ;
Dans ce jour solemnel nos voûtes retentissent,
On craint de voir l'instant où les plaisirs finissent,
Où le noble cortége, oubliant de la Cour
La gênante grandeur, nous montre son amour ;
Les Rois, comme les dieux, n'étant point invisibles,
En hommes parmi nous sont des êtres sensibles ;

D'un volcan sur les eaux l'éclair avant-coureur
Termine d'un beau jour le spectacle enchanteur,
Et dans l'obscurité de la voûte éthérée,
De faisceaux lumineux la terre est éclairée;
L'étoile d'un Héros par son éclat brillant
Est des bombes en l'air le foyer renaissant,
On diroit que le ciel est tombé sur nos têtes,
Qu'un globe aérien participe à nos fêtes;
Au lieu de ces fagots qu'allumoit en été
Le Prévot des marchands d'échevins escorté,
Images ressemblantes des bûchers, où dans Rome,
On aimoit recueillir les cendres d'un grand homme,
L'édile de nos jours nous procure des feux
Qu'en nouveau Prométhée il enlève des cieux,
Et son cœur électrique animant tous les êtres,
Est un foyer d'amour quand il reçoit nos maîtres.
Nos fêtes ne sont plus comme aux siècles des Rois
Qui venoient lentement au parloir des bourgeois,
Traînés par quatre bœufs, tenir leurs Cours plénières,
Et bailloient sur le trône au jeu des saints mystères.
Nos vieux goûts sont changés, d'autres mœurs, d'autres
    tems.
Dans l'âge où les consuls labouroient dans les champs,
Une fête dans Rome étoit religieuse,
Sous le règne d'Auguste elle devint pompeuse.
Quand un vieux châtelain s'ennuyoit dans ses tours,
Admis à leurs guichets, de jeunes troubadours
Venoient les égayer par de tendres romances;
Ces pélerins d'amour se mêloient à leurs danses;
Une dame souvent, au plus galant chanteur,
En lui criant merci, laissoit prendre son cœur.
Nos jeux ont moins d'apprêts, dans leur tendre folie,
Les amants de nos jours sont sans cérémonie,
Et si l'on veut s'aimer on est bientôt d'accord;
Faut-il comme autrefois languir jusqu'à la mort?
L'heureux tems que celui qui permet au bel âge
De faire des amours le doux pélerinage,

Où l'on est à l'affût pour tromper un jaloux,
Et saisir à propos l'instant d'un rendez-vous;
L'homme dans les loisirs de la froide vieillesse
Aime à se rappeller les tours de sa jeunesse,
Se vante, en vieux conteur, de ses tendres liens,
Et Jean-Jacques lui-même a bavardé les siens:
Pour moi, dans mes foyers, en discret solitaire;
Paris, je me repose en Septuagénaire.

FIN.

COUPLETS BOURGUIGNONS,

A L'OCCASION

DU BAPTÊME DU ROI DE ROME.

Air du Cantique de Maître Adam : *Aussitôt que la Lumière.*

Bacchus échauffe nos têtes,
Mais Appollon son Mentor
Nous tempère dans les fêtes
Que donne la côte d'or.
Le premier Dieu nous inspire
De l'amour dans nos banquets,
Et l'autre, en montant sa lyre,
Accompagne nos couplets.

CHŒUR.

Si Bacchus dans notre ivresse
Allume de tendres feux ;
Vénus, en bonne Déesse,
Sourit à nos chants joyeux.

Au réveil de la nature,
Louise a comblé nos vœux ;
Elle porte la ceinture
Dont elle enchaîne nos Dieux.
Mars aux rayons de la gloire
Fut frappé de ses attraits,
Sur le char de la victoire
L'amour lui lança ses traits.

CHŒUR.
Si Bacchus, etc.

Grâce à notre Souveraine,
Un Achille a vu le jour,
Sur le Tybre et sur la Seine
C'est la fête de l'Amour.

Quand la France se signale
Fêtons-cet astre naissant,
Que le vin, comme eau lustrale,
Baptise l'auguste Enfant.

CHŒUR.

Si Bacchus, etc.

Le printems, à sa naissance,
De ses fleurs étoit paré,
Et l'été pour lui s'avance
De tous ses fruits décoré.
Le grand peuple est en délire,
Rome et Paris comme sœurs,
Font retentir dans l'Empire
L'allégresse de nos cœurs.

CHŒUR.

Si Bacchus, etc.

Sous le pampre on rivalise,
De saillie et de gaîté,
Notre table est toujours mise
Pour y fêter la beauté,
En l'honneur du Roi de Rome,
On aime, on boit tour-à-tour,
Et nous y cueillons la pomme
Qu'Adam reçut de l'amour.

CHŒUR.

Si Bacchus, etc.

Malgré les pleurs d'une amie
Pour aller servir l'Etat,
Comme enfants de la Patrie
Tout Bourguignon est soldat.
Bacchus en vain sous la treille,
Voudroit engourdir ses sens,
Quand la gloire le réveille
Ses berceaux sont dans les camps.

CHŒUR.

Si Bacchus, etc.